득음을 풀어 놓고

득음을 풀어 놓고 | 윤여홍 시집

지은이 | 윤여홍
펴낸이 | 김명수
펴낸곳 | 시아북(詩芽Book)
발행일 | 2020년 12월 15일
출판등록 | 2018년 3월 30일

주소 | 대전광역시 동구 대전로839번길 18
전화 | (042) 254-9966, 226-9966
팩스 | (042) 255-5006
E-mail | daegyo9966@hanmail.net

값 10,000원

ISBN 979-11-91108-03-3

* 이 도서의 국립중앙도서관 출판예정도서목록(CIP)은 서지정보유통지원
  시스템 홈페이지(http://seoji.nl.go.kr)와 국가자료종합목록 구축시스템
  (http://kolis-net.nl.go.kr)에서 이용하실 수 있습니다. (CIP제어번호 :
  CIP2020051702)
* 이 책의 출판비 일부를 천안시 문화재단에서 지원 받았습니다.

득음을 풀어 놓고

윤여홍 시집

시아북
詩芽 BOOK

시인의 말

종교도 무색한 세상이지만(물론 나도 불자가 아니다)
요즘 나는 파상경破相經(금강경)에 빠져 있다.

내 시의 상은 망상이고 몽상이고 허상이다.
그 상을 깨뜨리려고 나는 시를 쓴다

출간을 위해 도와주신
제위께 고마움을 전한다.

2020. 12

윤여홍

제1부
득음을 풀어 놓고

제2부
이것은 파이프가 아니다

제3부
몸은 성자를 닮았다

제4부
무위제국에 들다

제1부

득음을 풀어 놓고

산행일기 2

산행도 눈치를 본다 내 등산복이 초보 같다
산천이 온통 만원이다 갰다 흐렸다
절 집도 파묻혀 보이지 않는다
층층으로 도 틔우는 나무 나무숲을
없는 절집 온통 악산인데
잊을 만하면 빨간 리본 나뭇가지 흔든다
인적 없는 곳에서 인적을 보는구나
누구인가 그는 내게 선각이다
산적 같은 달마가 이 산 저 산에서
코 고는 소리 들린다 아주 난감했던
깨달음이 백척간두다
깊은 산 구석구석 알 것 같은 안개 속
선각을 잇는 구름 속을 거닐다 아, 신족 통이다
깨달은 중생이라니 그게 별거겠는가
마음 한 채들인 허공 새소리 듣는다
내가 암자다 절집이 따로 있겠나.

득음을 풀어 놓고

이 산과 저 산의 경계에서 아, 여기다
발을 담근다. 계곡의 물은 수음처럼 숨어 살다
내게 들킨 후 큰 소리로 쾌락을 저지른 듯
울음 반웃음 반이 다 차갑지만 간지러운
거기 어디쯤 명당인지 범종 소리 득음을 풀어 놓고
벌새 총총 계곡을 빠져나간다. 이내 가득한
아, 여긴데 어쩌란 말이냐 쓰르람 매미가 운다
이대로 어디다 귀의처를 잡을까 바람이 심란하다
본능적으로 늑대처럼 운다 아무도 듣지 않는
여기 왜 왔을까 해가 꼴깍 넘어간다
한목숨 거둘 듯 개똥벌레 은하 계곡을 넘고
점잖게 발효라 이르는 산의 호흡이 나를 적시고 있다
시고 떫은 한참 단내나는 적막이 가득하다

흑백사진

기억을 불러 모아 본다
사진꽉 좀약 냄새가 찡하다
빛바랜 어릴 적 흑백사진
한 컷 사진 속 정지된 시간의 이벤트
사진 속 누이 하나는 있는 데 없고
사진 속 누이 하나는 없는 데 있다
부재와 실존의 알리바이다
사진 속 있는데 없는 누이의
생로병사가 찰나였구나
오래 쟁여둔 곰삭은
너와 나의 숨은 그림처럼
사진 속 있는데 없는 누이와
사진 속 나와, 나는 함께 말이 없다
아, 이 시각이 여삼추다 누이야
나는 우두커니다 물끄러미다.

눈물 꽃 피고 지는

몇 광년의 시공 우주 법계를
오늘 밤 나는 감별하고 있다
성·주·괴·공이 우주 연기법이라는데
우주 정원에 모처럼 듬성듬성
피고 지며 몇 광년을 지나
별꽃이 내게로 왔다 고단한 풍찬노숙이다
가로등 아래 소음과 매연이 악다구닌데
악다구니로 시절 없이 피고 지는 지상의 저 꽃처럼,
잠 못 드는 천상천하의 저 꽃들이
노년의 시력도 시력이려니와
내 눈에 피고 지는 눈물 꽃이다
최악으로 살아온 내 모습인지
터미널에서 터미널로 이어지는 생로병사
찰나의 생로병사를 나는
어떤 신처럼 만지작거리고 있다.

모과 3

채칼로 모과를 썰어
꿀에 재웠다 밤꿀 향기가
모과와 함께 익어가는 밤
몇 날 며칠 한 모금 모과 향기
해수 천식에 잠 못 드신 어머니
어머니 3주기 3년 상까지
은은하게 익고 있다
생전에 가려듣지 못한
어머니의 말씀이 발효되고 있다
서리꽃 하얗게 눈부신 밤
어머니 기침 소리 멀리서 가찹다
영정사진 속 어머니 내려다보신다
환하게 웃으신다 득음처럼
유장하다 막힘이 없다
말 없는 말씀이 다 녹으셨다

능소화

일생 일대 한 사랑이다
사랑에 눈 멀라, 내 향기 만지지 마라
담벼락 밀며 한사코 기어오른다
구중궁궐 독수공방 자꾸 담 넘어간다
넘치는 사랑 혼자 한 사랑 건사하지 못하고
담장에 사랑을 묻은 꽃
담 넘어 길게 목을 늘어뜨리고
멀리서 오실 님의 못다 한 사랑
발자국 소리 몰래 엿듣고 있다.

홍시

밤새워 몇 번의 서리에
오늘 아침 반짝 얼어서 붉다
저녁나절까지 폭죽처럼
만발한 월하 감나무
나보다 늙어서 툭툭 부러진다
나보다 늙어서 무성하다
반가운 소식 까치 식솔까지
왁자지껄 끌어안는다
그걸 심으신 어머니
구부정하게 걸어오신다
발효된 오, 그때 그 저녁놀이다

지금은 폭설 중

폭설 중에는 아무도 적이 없다
사립문이 한참 멀리서 잠복하고 있다
끓는 주전자 기울이는 지금은
나 혼자 녹차를 마시는 시간
무인 포스트처럼 나도 집 안도 혼자다
거미가 제 생명줄을 걷어 올렸다
폭설을 밟으면 바지직 곧 터질 것 같다
폭설의 빗살무늬 지층이 수천 년을 누설한다
폭설은 무한궤도의 터미널이다 허공처럼
죽을 자리를 보고 지상으로 내려온 망객이다
오래된 기억만 하얗게 살아있다
눈사람처럼 나도 잠복하고 있다
폭설이 폭설에게 백기를 들고 투항 중이다

다시 김명배 전
— 석류꽃

열이 많은 그는
늘 홍조다. 홍안이다
걷다 보면 큰 키
유아독존이다
느린 걸음
그림자는 서늘하다
일갈이 두려워
멀찍이 떨어졌다
외로움과 그리움이
반쪽만 남았다
멀리 사라진 그의 그림자가
적멸한 채 짓고
칩거에 들었다
그의 열꽃처럼
석류 꽃 붉게 피었다

다시 김명배 전
— 해탈

삶은 구속이다
감옥 같은 인생
감옥에서 탈출하는 것
그것이 해탈이다

어디서 들은 것
같기도 하고
한 번 쯤
해볼 만한 것
아니겠는가

잘 웃지 않던
키 큰 장승
천하대장군의
파안대소가
동평리 냇가를
휘감고 있다

다시 김명배 전
― 그리움

시간의 강물이 얼어버렸다
기억은 과거가 아니다
생생한 기억을 꽁꽁 얼궜다
얼음 속 투병한 내장의 빙어처럼
금쪽같이 파닥인다
서로 모르는 척 몰래
둘이서 잠깐씩 고독하고 외로웠다
여러 번 갈수록 자주 서로 다녀갔다
헤어지기 위해 자꾸 만났다
물이 얼음이 도는 상전이相轉移
어져 녹져* 결기로 다가온
그가 남긴 나를 닮지 마라
남들은 모르지만 만리장서다
별거 아닌 세상인데 그는 펄럭인다
죽어야 진짜 여행길 그는 혼자 갔다
어져 녹져 그를 생각하며
그의 화두처럼 혼자서 늙고 있다

* 어져 녹져 : '얼고 녹는다' 의 고어

다시 김명배 전
— 노을

삶이란
모나고 모서리가
둥글어지고
생로병사는
그렇게 진행되고
저녁이 오고
아침을 기다리는
생로병사
그 어디쯤인가
아침 노을
저녁 노을
뜨겁고
붉기만 한데

다시 김명배 전
― 죽음도 연습이 필요하다

나는 죽을 것이다
나만 죽을 것이다
내 곁에서 나를 지켜보는
시간은 지천으로 많다 내가 남겨 둔
지천인 시간이 슬프지만
몸 빌린 마음을 탓하랴
미완인 것이 죽음으로
완성된다는 것은 얼마나
슬프고도 아름다운 것이냐
그러므로 나는 죽을 것이다
마지막일 때 진실이 보인다
슬프고도 아름다웠다고
슬프고도 아름답게 말할 것이다

다시 김명배 전
— 길

길이 길을 만들고
언덕 넘어 지평까지
모락이며 사라진다
인적의 지친 발자국 따라
차마 노독이란 말
이 길에게 미안한데
때로 그리다 만 수채화처럼
그 여백으로 해는 지고
계절풍처럼 내가 흔들릴 때
아무도 없는데
여럿이 입 다문 것 같은
죽기 위해 태어나는 이정표
길이 길을 만들고
그 길 지우며 내가
중력의 한 점으로 사라지고
다시 또 태어나면
여전히 길이 또 길을 만들고

다시 김명배 전
— 새로운 문패를 걸고 싶다

벽돌 쌓듯이 시만 쓰고 살던 집
평생 시 속에 갇혀 살던
시의 철옹성을 허물고 가셨지요
당신 가신 후 당신의 유지인지
주택조합 재개발 취소되고
당신 집은 온전히 살아났어요
아직 뜨락의 석류 열매가
단순호치로 슬프게 웃고 있네요
김명배 문학관 새로 문패를 걸고
환해진 골목길 당신 보고 싶네요

할머니는 치매 중

긴 세상 설움도 인욕도 다 녹이시고
시도 때도 없이 마냥 웃으신다
슬퍼도 웃으시고 화날 때도 웃으신다
주섬주섬 마지막 갈 길이 꽃길인 양
울컥울컥 마지막 고별 무대인 양
삐에로의 슬픈 경련처럼 웃으신다
시학의 사라진 희극편 같다
사라진 페르소나 본래 진면목이다
하회탈처럼 턱 빠지게 웃으신다
행복을 모르고 행복하시다
원초적이다 할머니는 치매 중이다
치매는 행복한 병이다
행복도 불행의 일부인 것을
나만 슬프다 저런 행복이 슬프다
추적추적 슬픔의 곡조 가을비 내리고
*'할머니는 그냥 늙어가는 것이 아니라
조금씩 조금씩 익어가는 중이라고'
할머니의 잠을 오래오래 토닥여 준다

* 노래가사

위 망매 영제가

암종을 거둔 과거생 묻고
정말로 누이는 갔다
만년향이, 향불이 누이의 서사가
환멸연기처럼
허공으로 사라졌다
누이는 갔고 누이의 이미지만 본다
삼베옷 동여 입고
통나무 굴리듯 무정한 염사가
땀을 흘린다 죽음의 습기다
마지막 꽃잎을 즈려 덥고 입관하는
너만 허공 속에 들었구나
관계망상 다 떨치고 가시라
너의 허공은 중심도 변방도 없느니
게서 이고득락하시라
2박 3일 지장삼매 시다림 들고 있다
목에 붙은 숨이 목숨이라는데
한 호흡에 간신히 또 하루를 넘긴다
오늘도 누이를 생각하면 한 호흡이 가쁘다

제2부

이것은 파이프가 아니다

부재중

거짓일수록 상징은 화려했다
내가 나를 너무
조작했나 보다
나의 실명은 허위다
내가 아니라
나의 원본과 탁본이
여러 개 탁본이 달력처럼
나부끼고 있다
실종된 나의 원본 때문에
나는 나의 업경을 닦고 있다
거울 속 나와 거울 밖엔
분해된 나의 원본이 먼지처럼
나를 복제하고 있다
거듭거듭 수십 생을
누가 나를 재현하고 있다.

불면의 늪

달이 슬며시 웃다가
구름 속으로 숨었다
박하향 분 냄새로
환하게 웃던 달의 허구
구름 속에서 업경처럼
파안대소를 하고 있다
무슨 음모인지 천기누설인지
머리맡 자리끼 마르는
불면의 늪에 빠져
아, 원리 전도몽상이라니
들리지 않는 저 달의 교언영색
나는 손바닥으로
내 죄를 가리고 있다
미이라처럼 축축하게 마르는
아, 오늘 밤 나는 무사할까
새벽 영창을 밀며
새벽 달이 하얗게 몰락하고 있다.

최근이 참 멀다

누이의 망일을 잊었다 망일亡日이 망일忘日이 되었다
그냥 모년 모일이라 적고 묵념만 했다
아직은 때가 아닌 천기누설 누이를
가슴에 묻은 줄도 모르는 어머니
어머니 누이의 망일도 모르고 망인 생일 근처
음력을 더듬고 있다 하릴없이 가슴 먹먹한 어머니의 노구다
개똥밭에 굴러도 이승이 좋은가 개똥참외처럼
야속한 눈물이다 숙성된 슬픔의 진액이다
모든 것을 잃고 모든 것을 얻은 어머니
초하루 보름 절에 가신다
망인의 생일처럼 노사老死가 무명無明이라고
법문을 전하신다
살아서 열반한 어머니 같다
3차원 공간에서 시간 차원이 끼어든
꿈 같은 꿈속에서 누이가 보인다 다시 태어났나 보다
최근이 참 멀다 멀리 가서 웃고 있다.

중고차

91년식 세피아 아직도 나의 수족이 되고 있다
때 빼고 광내던 아슬한 기억이 녹슬었다
함께 녹슬어 가는 나이다 차적을 헤아리니
스무 살 주행거리 20만 나를 닮았다
녹슨 와이퍼 흐리고 먼 시야를 물끄러미 쳐다본다
중고차 딱지가 밤새면 어김없이 붙어있다
저승손님 왔다 갔나 자꾸 뒤를 돌아본다
나를 데리고 갈 데도 없지만 중고차와 한 몸이지만
멀리 가지 않기로 작정했다
참 더디게 오래 살았다

시래기

시래기가 쓰레기만도 못하게 말랐다
삼베 올로 꽁꽁 묶어 놓은 미이라 같다
아무리 불려도 오도독 소리가 난다
모든 생명은 습기에서 온다는데
녹슨 빛이다 된장에 한참 재워
기름에 볶아도 못 쪼가리처럼 까칠하다
한숨 재워 구수해진 따스한 손맛 어머니는
버릴 데가 없구나 노구처럼 말씀하신다
반어법인지 소름이 돋는 말씀 경책으로 들린다
생의 전말이 나도 점점 말라가는데
잘 마른 육질의 구수한 시래기가 되고 싶은데.

육쪽마늘

언제 알았는지 땅내를 맡았는지
젖니처럼 간지럽게 뿌리에 싹이 텄다
알통 같은 서산 육쪽마늘이
여섯 조각으로 분가를 준비한다
성자 같은 마늘이 암장 되는
가을 서리 땅내가 서늘하고 맵다
일생이 순환이로구나 마늘이여
육쪽이 다시 육쪽이 되는 현생 인연이라면
내 생각이다 인고로 거듭나리니 겨우내
먹을 양식 버무려 고이 모시리라
춥지 않게 무청 깔고 검은 비닐 덮는다
매운 사랑 헌정하듯 경건해진다
일생이 또 순환인 것을
흙내 묻은 손끝이 아리다
한 호흡 내 마음 순장하듯 기도한다
육쪽마늘 명품은 이렇게 거듭나느니
서산에 지는 해가 아침노을처럼 번지고 있다.

욕설의 미학

'개새끼' 라고 욕할 때
강아지 같은 놈이다 하면
욕먹어도 얼마나 속이 편할까
강아지는 착한 개다
저 착한 강아지 어미 젖을 빠는데
코로 들이대며 뒷발로 땅을 찬다
식욕은 욕이 아니다 깨달음도 아니다
철없는 어린왕자 성자를 닮은 착한 강아지
강아지 같은 놈이 되고 싶다
어미 개 된장 푼 밥그릇 핥다가
왈왈ㅂㅂ '이런 된장' 하며 젖을 물리는
밥배 욕배 따로 있나 마다 않고 섬기는 너는
너는 견자犬子야 따로 없는 성인이야
탐욕만 처먹고 나는 허투루 나이만 먹으니
아, 나는 물끄러미다 우두커니다 우두망찰
저 착한 강아지 나는 개만도 못한 놈이었구나

성묘하다

죽어서도 잡초를 끌어안고 사신다
할머니의 잡초 같은 근력 때문에
일 년을 또 살고 왔다
생멸이 하나 같이 둥글다
예초기로 삭발하듯 회향하듯
어머니의 후생을 미리 보는 것 같다
할머니가 구름을 헤쳐 오신다
공중에서 말라버린 눈물
먼 산자락에 무지개 떴다
산 귀신보다 죽은 귀신이 더 가찹다
내 마음의 기울기가 수상하지만
몸은 왜 이리 편한가
둥글게 잘려나간 잡초
할머니 유품 속에서 송장 메뚜기
사리 같은 눈물 이슬을 뒤지고 있다
땀방울이 소금버케다 할머니의 훈장
목수건이 후줄근하다 슬프고도 기쁜
할머니의 품삯이다 어머니의 호밋날처럼
낮달이 더 뭉툭해졌다
하화중생下化衆生이라니 할머니의 근력, 잡초 때문에

내가 살고 내년에 또 올 것이다
올해 추석엔 둥그런 만월 보겠다.

노란사랑

열무꽃과 노랑나비가 떼 지어
혼음을 즐기고 있다 진저리가 노랗다
생로병사의 분절음이 정지해 있다
시를 쓰는 동안 담뱃진으로 노랗게 물든
손가락의 색전등, 노란 열정의 사랑
진저리치듯 전율의 시 한 편처럼
늦봄 채소밭에 확 번졌다
묵언정진이 따로 있나 차마 말 못 하는 절정
청정무음의 침묵으로 반전하는
아침이슬이 반짝이는 노란사랑

불두화

철도관사 주인이 몇 번 바뀌더니
절집이 이웃으로 왔다
멀리 가지 마시라고
처염상정의 작은 절이
큰 절보다 낫다고
한사코 말렸다
명성사 절집 마실 간 어머니
음력을 보니 칠석이다
전화가 왔다
'애야 식탁인지 싱크대인지
틀니를 두고 왔구나'
단걸음에 틀니를 모시고 갔다
개그맨처럼 '고마워유'
고만한 나이 보살들이 손뼉 치며 웃는다
배 한 덩이 수박 반쪽 공양받고 왔다
뜨락의 불두화 탱글탱글하게
하얗게 웃고 있다

치매예방

혼자서 책을 읽는다
재현된 문자기호의 조합을 읽는다
알 만큼의 색독으로
소리 내어 읽는다
한 자 한 자 고르게 끊어서 읽는다
속도를 고려하지 않고 어눌하지 않게 읽는다

책 읽는 나를 내가 본다
책 읽는 내 목소리를 내가 듣는다
눈으로 보고 듣고 목소리를 듣고 본다
차츰 문맥이 드러나고 문장 전체가 보인다
양의 임계치가 넘으면 질이 된다
실체와 실재의 맥박이 언어를 춤추게 한다
개념적 진리는 진리가 아니라고
나는 경험주의자다
책을 읽으며 다시 깨닫는다

맛과 향기와 색깔로 카레라는 이름이 떠오른다
카레라는 단어로 카레가 생각난다
꽃 지는 장엄으로 열매를 생각한다

석양이 아름답게 익어가는 눈빛의 사유처럼
내가 나를 읽는다 나는 지금
퇴행성 어머니의 퇴행성 치매를 읽고 있다.

익명에게
— 이런 된장

구더기 무서워 장 못 담그냐구요
장 담그는 날도 길일이 있지요
그동안 노란 메주꽃도 피우고
달걀 띄워 염도도 맞추셨나요
할머니 손맛은 정량도 없지만
할머니 경험치는 정확하지요
오직 정성과 기다림뿐이니까요
부정 타면 구더기 슬지요
내 말이 구더기였나요
구더기 무서워도 장 담그셨네요
손님이 상을 물리면 누가 먹나요
제발 맛있게 드세요 이런 된장!

익명에게
— 밥상

상賞이 밥상이 되었구나
쓴 나물 탁주 일배 잊었느냐
밥맛이 도느냐 살도 쪘느냐
살림살이 나아지셨느냐
탐착이 탐착을 부르나니
측은 중에 무상無上이로다
죽은 사람 이름 팔아서
산 사람 챙겼느냐 체하지 마라
겨자씨처럼 고통의 씨앗이리니
상賞도 상床도 상相도 허망하리라

이것은 파이프가 아니다

목록 중에 최상위 내 생의 애장품이다
진열장을 연다. 결고운 커피 빛 장미 뿌리
파이프를 물고 불을 지핀다 엄지손가락으로 꺼질세라
뜨겁게 누르는 촉감 속에 몰입하고 있다
백질의 좌우 뇌파가 소통을 시작한다
엉키고 뭉친 내 기억의 회로가 열리고
고전적이다 이런 낭만과 사유로 나는 지금
말년에 이르고 있다

그런데 마그리트의* 화제가 놀랍다
극사실의 파이프를 그려 놓고
이런 제목이라니 '이것은 파이프가 아니다'
분명 저 파이프는 지난 내 기억의 흔적인데
실재와 근본을 파괴하고 더 근본다운 마그리트
이것은 파이프가 아니라고 결단코 절규하고 있다
숨은 그림처럼 숨은 그림도 없고 숨은 그림 몇 개라는
제시도 없는 마그리트
기억의 회로 그 차이와 반복이 흔적을 지운다
파이프도 파이프라는 말도 거부한다
마그리트는 마그리트가 아니다

도처 분분하다 법계무상을 나는 본다
사유가 조작한 상相은 상이 아니다
원본의 상을 파괴하려는 나의 순수직관은
오늘 밤 파상경破相經을 독파해야 한다
마그리트는 마그리트가 아니다 마그리트의
파이프를 그린 화판 속으로 내가 들어간다
마침내 나도 내가 아니다

* 마그리트: 벨기에 화가

초록에 잠들다

햇살은 속이 없다 내장도 투명하고 일직선이다
햇살은 너무 멀리 와서 스스로를 태울 수 없다
무상無相의 우주법계 여러 곳을 들르고 지나서 걸림이 없더니
후박 잎새 그늘에 걸터 앉아 반짝인다
초록 바다를 이루는 빛의 보시다
몇평 안 되는 뜨락의 잔디밭이다

고추 널어 다비하듯 어머니
수습하시는 고추사리는 왜 저리 붉은가
초록바다 일렁이는 잔디의 살 속
이슬사리는 왜 서늘한지
무슨 경책인지 나는 아직 어리다
1억년 전의 남조류는 지금까지 살아 있다고 한다
무의식의 지층이 열쇠도 없이 문이 열리고
나는 무엇인가 자꾸 마렵다
살아서 열반하는 생멸윤회의 저 광합성
후박나무 그늘이 자리를 옮긴다

제 몸 굴려서 목탁소리 붉은 고추사리 노란 열반
빨강 파랑 태극 같은 저 잔디와 고추사리

고추사리 열반을 수습하는 어머니
어머니는 나의 1인칭이다 맵고 서늘한 사랑이
빛의 그늘에서 어버니의 후광이 보인다
내 몸의 지.수.화.풍이 서늘하게 마르고
몸에 꽉낀 열반처럼 초록에 잠들고 싶다

독주獨酒

소주 반 잔으로 족하다
돼지 껍데기 노릇하게 익는다
피부 미용에 좋다고 폭탄주를 마시는
중년, 중년의 아랫배처럼
세상이 늘어져 있다 보험쟁이
아니 생활설계사 같다
세상에 간 맞추는 저 중년의 소주잔
마시기도 전에 이 술맛의 간교함은
무엇 때문일까 연탄불을 갈고 가는
주인의 불젓가락 눈치를 가리려고
소주 반 잔을 거후른다
쓴 소주가 달게 느껴진다
돼지란 놈 지능이 인간에게
만만치 않다 머릿 속 신피질이
기름 범벅으로 활성화 되고 있다
소주 반 잔으로 족할까
갑자기 사람이 그리워진다
질기면서 고소하고 달디단
돼지 껍데기만한 놈이 없다
휴대전화의 진동소리

그렇게 거리를 둔 바깥세상
허공에게 건배를 청하고
혼자서 경건해진다
소주 반잔 마저 추기고
아무도 없는 집으로 간다.

아직 내시는 시가 아니다

내 얼굴을 보고 소설보다 소설같다고 한다
세상사 질곡이 다 새겨진 자화상 같은
내 얼굴을 감춘 그림자를 보고
시보다 더 시적이라고 한다 비밀처럼
감춘게 많고 요두중처럼 흔들리는 고뇌의 허상 같은
나의 편년체는 아직 다만 몇 줄 뿐인데
매직아이처럼 숨은 그림 찾듯이 나를 찾아낸다
익명으로 나를 탐색하지만 그들은 나의 문명을
읽어내지 못하고 잡설에만 능한 저들은 은폐성
무슨 음모로 나를 죽이고 있다
내 기억의 꽃은 지금 꽃이 꽃이 아니듯이
세상을 골똘하며 나를 본다
저들이 명명한 나의 익명를 본다
그러면 나의 익명은 비로소 익명이 아니다
진실의 끝은 허구처럼 반짝인다 저 별이 그렇듯이
죽은 별들이 몇 광년을 지나 내게 와서 반짝이듯이
있으라 하면 있는 신화속의 빛처럼
생각이 골똘하게 반짝일 때까지
손바닥 만한 피 같은 단편의 여운, 눈물 같은 한 줄의 시로
마침내 내 생이, 아침 저녁 죽은 별처럼 반짝였으면.

제3부

몸은 성자를 닮았다

모닥불처럼

모닥불을 피워 놓고 보면
불은 참 아름다운 죽음이다
하루살이처럼 바짝바짝 다가간다
갈짓자 저런 상승의 마지막 사색일 것 같은
얼굴에 불의 문신이 활활 새겨진다
쥐라기 은행잎 그때 침엽수였을
먼 신화 속 인간 같은 불의 휴식
누구를 위한 다비식인가 잿빛 은은한
밤톨 줍듯 사리를 뒤적인다
사색의 이 장면이 삼독의 습기를 말리고 있다
모닥불의 저 온기는 어디까지 살 것인지
가까운 저 은하가 나를 잡아당긴다
부지깽이 부질없이 다시 불을 당긴다
불쏘시개 같은 죽음은 나의 미래다
과거로의 시간여행은 너무 멀리 나간 나의 미래다
나는 매일 죽고 매일 살고 있다 저 모닥불처럼,

첫눈처럼 2

세상을 갉아먹는 인명사전의 무수한 까만
활자들 하얗게 지워졌다
그 위로 나프타린 냄새가 자욱하게 번져갔다
생명의 냄새가 나지 않는다 그런데도
신성한 저 들판, 허공뿐인 세상은
혼절했던 혼절의 시간이 한참 지난 후
다면 굴곡이 일직선이다
2차원의 고요 주객미분의 영토 그때 시작은 미미했을까
확연하다 태초의 춤사위를 나는 보고 있다
눈사람이 눈을 굴리는 무명도 무명이 아니고
나는 자꾸 이방의 사내가 되어 휘묻이처럼
눕고만 싶다 이 겨울 문지방을 열고 처음으로
고드름처럼 비류직하를 본다 탐침 하듯
눈 속에 눈이 되어 하얗게 지워지는데
불변하는 무상의 나래 허공을 뒤흔드는
가볍고도 견고한 최후의 눈물이라 명명한다
나의 인명사전에는 내가 없다
뜨겁게 치미는 이 가려움 저 눈사위 속에서
무명의 씨앗처럼 나를 묻는다 내 살 속에서

생명의 냄새가 벙글고 있다 첫눈의 발설
보시처럼 받아 마신다 첫눈처럼 배가 부르다

가을 통신

가을, 가을 별 밤이 별빛이
다 모였다 책 읽듯이
나를 쳐다본다
몇 광년의 망원경으로 마중하는
나의 책을 촉촉하게 젖어서 읽는다
나를 읽는 눈빛이 초롱초롱
눈물처럼 영롱하다 뚝뚝 내 눈에 비친다
슬픔을 독파하는 저 별빛의 격렬한 파장
내 슬픔의 중력은 뜨겁다
내 슬픔을 견디는 그의 슬픔이
눈썹 달 근처로 추락한다
바람이 책장을 넘기듯
내 얼굴을 창백하게 어루만진다
몇 광년 만의 슬픔의 해후인가
내 슬픔의 기억은 또 몇 광년 만에
그를 만나서 보석 같은 눈물이 될까
슬픔처럼 눈물처럼 저렇게
반짝이고 있는데
기러기처럼 나는 우윳빛 슬픈 기별을
받아 적고 있다

겨울연가

어둠 속 베란다 유리창에 비친
텔레비전의 겨울연가는 더욱 깊고 은은하다
나의 겨울연가와 참 많이 닮았다
먹감듯이 노랑나비처럼 유년의
기억을 되감고 있다 실감이 난다
평행선으로 사라진 아침노을 나는 철뚝의
질경이처럼 못 박고 서 있었다
기름 먹은 몽돌 굴러가는 소리가 가슴을 쳤다
뻐꾸기 마치는 침묵보다 가슴이 들먹들먹 했다
가거든 가서 더는 오지 말라고 했다
그냥 겨울 저 깊은 터널 속으로 잠길 뿐
어리석을 땐 탐욕도 죄가 되지 않는다
보약 같은 추억을 오늘도 나는 삼키고 있다
지금 생인손 앓듯이 나의
고통은 순수하다 존재는 아픈 곳에서 온다
손가락 지문도 옛것이 아니다
이훌랑 솟대처럼 서서 철새나 맞을란다
심야까지 재생되는 겨울연가는 또 시작이다
소리를 껐다 하얗게 눈이 내리고 있다 소리 없이
유리창에 비치는 나의 옛날이 눈을 맞고 있다

진공은 묘유다[*]

영을 영으로 나누면 무량수다
무량수도 영으로 곱하면 다시 영이 된다
무량수는 어디로 갔을까
있는 것도 아니고 없는 것도 아니다
마술처럼 확률처럼
인간은 헛것을 좋아한다
숫자인 영의 철학에서 인식이 싹 텄다
이제 명색名色을 즐기는 인식의 나무가 너무 무성하다
생각은 더 이상 지혜의 씨앗이 아니다
자재自在하게 보는 것도 보는 그 생각도 지워야 한다
묶지도 쪼개지도 마라 분별하는 모든 상相은 상이 아니다
주객미분의 진공은 묘유다, 텅 빈 충만이다
거기 충만한 영 속에서 영이 된 무량수여

* 眞空妙有

파상경

한 세기를 견딘 내 집
적산 가옥의 벽에
매미 허물이 매미 같다
헛묘다 매미소리
적막이 와자지껄하다
매미소리를 본다
상의 허상을 듣는다
득의 망상이다
파상경을 읽는 나도
있는데 없다
저 매미 허물처럼

몸은 성자를 닮았다

몸이 아픈 게 아니다 아픈 것은 내 마음이다
내 마음이 내 몸을 끌고 병원에 왔다
무릎 위에 밥상을 괴어 놓고
병상에 누워 거룩한 밥상을 쳐다본다
고장난 시계는 가다가 멈추는 법
누가 태엽을 감아주는데 내 몸의 톱니는 무뎌져서
시간이 헛돌고 있다 아까 그 시간이다
나노의 이중성처럼 시간은 제각기다
발목을 감고 나를 따라다니던 그림자가
내 앞에서 오똑하니 서 있다 어느 별 외계인처럼
나를 점고하고 있다 부재의 시각 그 틈새로 너무 오래 나는
내 몸의 생로병사를 모르고 살았다
밥상의 저것들이 생로병사를 들고 내게 왔다
내게 소신공양하러 왔다 젯상의 영가 사진처럼
이 거룩한 밥상을 먹고 갈 수 없다
일생의 몸에 기숙하면서 다생을 탐하던 내 마음이
몸을 놓지 못하고 있다 거룩한 밥상에게 고백한다
너는 내 몸의 살이고 피였다
너는 내 몸 밖의 몸이었다
내 몸의 기억을 내 마음이 비로소 듣고 있다

내 마음의 배부르고 배고픔을 위하여
내 마음이 시키는 대로 배고프고 배부른
몸은 성자를 닮았다

눈부처

골목길에서 큰길로
걸어 나가는데 뒤통수가 간지럽다
순간의 인연인지 나는 끄달리고 있다
한 참 망설이다 뒤돌아 보니
쳐다보다가 휙 돌아선다
순간의 눈빛이 내 눈에 맺혀서 따숩다
기시감, 함께 나눈 슬픔일까 악연이었나
감전하듯 그의 등을 툭 치고 싶다
멈칫멈칫 다시 돌아서지 않는 그림자
그와의 눈맞춤이 달달하다 촉촉하다
백천만겁 난조우다
그와의 눈빛이 화두처럼 골똘해진다
서산이 지는 해에게 안부를 묻는다.

나를 묻으리

태어날 때
좋은 사주를 받아서 탯줄을 자르고
죽어서도
하관시간을 예약한다고 한다
시종여일
우리는 시간의 피조물이면서
피조물인 시간에게 결박당하는 것
생사를 받들고 기도하는
시간의 노예가 아닌가
내가 태어남도 증오이고
죽는 것 또한 저주리니
통섭의 생멸연기로
별처럼 다시 태어난다면
시간을 낙엽처럼 밟고 다져서
시간의 무덤에게 나를 묻으리
썩어서 뜨거워지는 싸늘한 시간
씨앗처럼 무덤처럼 나를 묻으리.

삼거리운 4

살면
살다보면
안다

살갑게
비밀처럼 드러낸
아픈 슬픔도
개운한 것을

달빛 무심치 않게
역마살인지
도화살인지
와자지껄하다

후예들이 모여 사는
동네
삼거리 우리 동네

비름나물

마늘쫑은 뽑지도 못하고
가뭄 탓하며 포기한 마늘밭
마늘은 없고 온통 골파 씨앗뿐이다
이 무슨 연기緣起인가
마늘은 없고 비름밭이다
개살구처럼 개비름이라고 명명하고
개비름 두엄 치듯 살처분했다
비름치곤 상질이라고 손사래 치신다
배추 무 거두고 겨울 채비를 하는데 어느새
금초하듯 솎아낸 어머니의 손맛
비름 순을 꺾어 나물을 무쳤는데
고소한 참기름 맛이다 된장 고추장 맛이 달달하다
개비름이 참비름 되었다
나는 하느님처럼 모든 것을 연역해 버렸다
포만한 배, 배로 숨 쉬며
오늘 밤 나는 배 속의 참비름으로
화두에 들고 있다 용맹정진 중이다.

보름달

놓치지 마라
괜한 일이겠나

보름달이 떴다
다 밝혀질 것이다

버들잎 띄운
한 바가지 물을 마신다

중심이란 참 어렵다
구심도 원심도 팽팽한 긴장

비밀도 때론 감출 일이다
둥두렷이 보름달이 떴다

적성검사

담뱃재를 터는데
재떨이를 제대로 겨냥할 수 없다
수전증인가 이 눈의 떨림은
왼눈 0.7 오른눈 0.9
양눈이 1.0
보건소 시력검사에서
합격하고 최근 사진을 내밀고
아무말 않고 나왔다
고관절에
파스 붙인 내 몸
보여 줄 걸 그랬나
폐차할 나이인데
적성검사는 얼어죽을
하루 나이가 또 지나갔다

체육공원

동네마다 체육공원이 있다
그래서 체육공원엔
아픈사람이 더 많다
몸 따라 마음 따라간다
벤치에 앉은 우울증 몇몇도 있다
각축만 보고 묵묵부답이다
이어폰을 꽂고 저 여자
세상을 꽉 쳐 닫고 걷는다
광기에 찬 보폭 외계인 닮았다
중풍노인의 보폭은 짧고 더디다
허공을 붙들고 비대칭으로 흔드는 손
가다서다 뒤돌아보는
애완견을, 망연자실을 본다
유일한 식솔 슬픈 가족사다
체육공원은 무슨 무료진료소 같다
더 아프다 말고 일찍 돌아왔다.

거울 속으로

거울을 본다
거울 속의 나와 나는
생사경계가 없다
본색을 감춘 나의 페르소나다
거울로 통분된 나의 실존
일면식의 그냥 저 사람이다
평균하지 마라 평균은 부재의 숫자다
내가 아니다 나는 거울 속
나의 대칭을 파괴한다
손님으로 잠깐 왔다 간
먼지처럼 거울 속의 나를
밤새 닦는다 내가 사라진
거울은 적멸보궁이다
나는 있는데 없다.

내 시의 흔적

내가 오감의 주체로부터 해방된다면
그게 언제일까 더듬이로 촉각되는 인식은
두뇌에서 왔다 감각으로서의 나의 더듬이는
인식의 노예로 살고 있다 내가 그걸 알 때
나는 순수를 체험할 것이다 내가 내게서
해방되는 날 내 시는 보다 순수해 질 것이다
내가 쳐다보기 전에 하늘은 어떤 정체성으로
무한한데 하늘이 나를 내려다 보고
인간학을 고쳐 쓸 때 나는 나노 속의
분주한 시간 여행에 들 것이다 빅뱅이
빅뱅으로 폭발하는 원형질 막 속에서 나는
무기물이 아니다 이런 씨앗으로 세계의 이벤트를 여는
드라마를 연출할 것이므로 내 의식은 단전되고
나는 로봇처럼 분해될 것이다
지구 핵 속의 절절 끓고 있는 자장처럼
우주적 질서 속으로 내 시는 점대칭의
균질 속에서 다시 태어나기를 기다린다
백 삼십팔억년 전으로 내 시는 역류하여
씨앗처럼 팽창될 것이다 쉽게 말하면
무명 속에서 내 시는 멸진삼매에 들 것이다

시 이전의 시 속에서 오늘 밤
나는 영원히 갇혀 살고 있다

중환자실

여기까지 오는데 무슨 건조중인지
링거수액에 달린 몇날 며칠
이제 새옷을 갈아 입을 때가 되었는지
처음부터 폐가 한 채 짓고 살았나
억새 흔드는 바람 철렁철렁 문고리를
잠그는 달빛 쏟아진다 밤새도록 환하다
여기를 빠져 나가는 이 몇이나 될까
기웃거리는 전신이 혼자 폐가를 지키고
혼자서 잠을 잔다 생생한 망연자실
여기를 지나다 보면 유체이탈 중이다
폐가인 내 몸 한 채 철거중일까
매 찰나가 난조우다
진맥도 진찰도 없이 사진 찍고 피 뽑고
내 삶의 예후가 가득한 매트릭스
컴퓨터 모니터 속을 빠져 나왔다
중환자실 아래층으로 간신히 피신을 했다
단막의 암전이 아닌 무대처럼
또 다른 삶의 대기실에서 대기 중이다

제4부

무위제국에 들다

다시 청산도 가자
— 암투병하는 친구에게

필연 4전 5기일 터 친구야 너를 믿는다
마늘쫑 꽃대궁 허공을 쓸고 황토밭 보리물결 넘실대는
쉬엄쉬엄 서편제 가락 묻어 나는 길
너와의 동행 靑山島 靑山道 슬로로드를
개미가 언덕을 오르면서 수평만 생각하듯이
찰나를 영원처럼 붙들고 함께 걸었지
너는 몸으로 말하고 나는 마음으로 받아들였어
비밀은 비밀에게만 말한다던가
그렇게 너와 나는 틈새가 없었지만
'목숨은 차라리 뇌관이야 나는 지뢰밭이야'
단발의 표적인 양 단호했던 너의 미소
너의 본색을 보고 나는 몽색을 끊지 못했지
네가 숨 고르고 목숨에 불을 지피는 동안
오늘 밤 너의 지뢰밭이 내게 와서
작렬하는 참회, 아니야, 너보다 내가 더 암적 존재야
2박 3일 너와의 동행 서로를 이실직고하노니
너와 나의 비밀결사 다시 청산도 가자
묵언행선이야 물처럼 길을 내지 말고 가서
다시 靑山島 靑山道 슬로로드 그 길 걷자 친구야
필연 4전 5기일 터 친구야 너를 믿는다

비 속을 관음하다

고양이가 졸다 말다
비 속을 쳐다보고 있다
청음의 악보처럼 등허리가 활처럼 굽다가
뒷다리로 기지개를 켠다
비의 관절은 국수다발처럼
촘촘하게 비어있다 유연한 활강
고양이 콧등이 촉촉하다
멸치국물이 설설 끓고 있다
고양이가 앞발을 척
무르팍에 걸친다 뽀뽀하듯
고양이 콧김 속에 만리장서를 읽는다
그르륵 그르륵 나를 애무하는
요가행에 무슨 안마법이 있는지
다시 정신은 새롭게 깨어나는데
고양이와 나는 비 속을 관음하면서
적막을 탄주하고 있다

새벽

죽음도 흔하지만
어떤 것은 죽어서도 반짝인다
무량겁으로 내게 와서 반짝인다
푸르던 새벽 별빛이 곤하다
반짝 어둠이 더 까맣다
아스라이 별 밤 누비며 골똘하다
나는 본다는 것을 본다
살다 죽다 밤이슬이 하늘까지 비쳤다
*'큰 것은 작은 것에서 나온다'
저 별의 죽음이 노을 진 새벽
아침노을 이슬 속에서 최후로 반짝이고 있다

*「大小多少」 논어

모과처럼 2

모과 낙과한 자리에
내가 머물러 있네
문신처럼 내 팔에 얹고
아름다운 상처 향기를 문지르네
모과라는 세상의 말이
이미 버려진 지 오래지만
저 푸르고 단단한 삶의 완고성을
묵언수행하듯 투신하는 저 과단성을
허공이 다 받아내고 있네
흙이 받지 못하는 나는
불임의 나날이었네
낙과한 자리에 그냥 머물러
이 가을 낙수를 오롯이
혼자서 맞고 있네

눈칫밥

밥 한술 무게를
재 보았다

밥알처럼
새가 날아갔다

눈치는 빨라도
눈칫밥은 아니다

헛배만 불러서
세상이 눈치를 본다

한 바가지
물맛이 개운하다

새가 떠난 자리
밥풀 꽃 활짝 피었다.

오체 투지

어디서 왔니, 들켜버렸니
뒤란 담장의 미끈한 오이 열매에
새끼 청개구리가 납작 붙어있다
언제부턴지 모르지만 내가 쳐다보니
나를 쳐다보는 초록빛 눈물 오, 나의 오르가즘
오라, 저게 하나였구나
하나가 되는 동체 대비였구나
교감이 끝난 듯 미끄러질 듯 뒷다리가 움칠 놀라는데
다시 오체투지다 내가 나를 덧칠해 온
생의 위장술이 불경스럽다 오늘만은
저들을 관음하는 불경을 범할 수 없다
사랑이 아니면 어떠리 저기서 나의 음모를
읽기 전에 두고 가야 한다
초록 색맹을 깨치고 간밤 책갈피에 쏟은
안구건조증이 핏빛 눈물을 쏟는다
누가 내게 이런 방편을 주었나
아무래도 저주로 받은 인간의 몸 아니랴
오늘 점심 오이 냉채는 내일로 미루겠다
바람도 없으니 더 푸근하다 잘 놀다 가거라.

매미

하안거를 끝낸
애벌레 육탈해 버렸다
문도 없고 길도 없는
저 허공도 숨을 데가 있나
하안거 마지막 날
늦은 참회의 씁슬옴 씁스르옴
허공의 집 유령 같은 매미허물
매미는 없고 매미소리
가득하다 무진장 고해에서
비로소 성사成事하나니 머물곳 없는
저 매미소리 꿈 속에서도
아득하다 씁슬옴 옴마니 반메홈

바퀴벌레

불을 켰더니 어둠 속에서도 삶이 분주했구나
사방에서 사방으로 흩어지는데
행방불명이거나 실종처럼 난감했다
한 놈을 포획했으나 모함처럼 느리다
배가 불룩하다 집안 내력을 삼켜버린 저 놈
자괴감처럼 포획이라는 말이 잔인하다
한 세기 넘은 적산가옥의 무슨 백서 같다
한 세기 물량의 쓰레기 썩은 냄새가 난다
무한증식의 번뇌가 그의 양식이었나
사라진 어둠의 자식들 최첨단 바퀴로
저 무슨 전열인가 눈 깜짝할 사이 없다
난반사의 형광음이 낮게 깔리고
어둠 속 숨은 흔적들이 무슨 기미를 알아차리듯
적막의 고요를 쓸고 있다 내가 깨끗해진 이유를
알겠다 어둠을 켜들고 빛의 적막 속으로 어둡게
나도 사라지고 싶다 내 몸이 내몸을 거둔 집
대리석 문양 속 금이 간 사이로 화석처럼
내가 비친다 쓰레기봉투 속 투명한 나의 비밀
그리고 욕망이라는 잔해 내가 바퀴다
불을 껐다 빛의 적막이 무슨 예후가 꿈틀거린다

바퀴나 나나 따로 없다 새벽 두 시가 적멸보궁이다
여기가 거기 아니겠는가 내 몸이 사방에서
사방으로 흩어지고 없다 허공처럼.

보호색

저런 설계가 참으로 가상하다
나는 신의 장난을 보고 웃었다
장난은 作亂이야 깝치는 내 마음의 눈금이야
작년에 본 미끈한 오이 열매에 새끼 청개구리가
매달려 나를 또 쳐다보고 있다
'백천난겁 난조우' 다 웃으며 경건해진다
생명을 위한 신의 위장술을 보고
미진중의 유아독존인가 무지개 안팎의
색깔 속으로 나도 사라지고 없다

어떤 부음

홍천 계곡 리조트 베란다에서
담배를 물고 있다 아침은 아침인데
구름 속 해 그늘이 저녁 놀 같았다
순간 스치는 의미심장이다
홍성 친구의 미확인 전언이 업경처럼
충격이다 투항을 모르던 그가 마침내
투항을 했다 소란스럽게 와서
소란스럽게 갔다 매미 소리 뚝 그치고
적막에 들었다 도록圖錄에서 본
소리 없는 파안대소가 그의 고행을
설한 것 아니겠는가 일갈도 착각이다
적멸보궁이 따로 있는가
영세불망도 무화의 삶도 여러 가지다
내 죽은 뒤라도 그리 다르겠는가
홍천계곡 아침놀의 장엄을
담뱃불을 긋지 못하고 오래 쳐다보고 있다

늙음에 대하여

귀가 먹먹한데
내게 무슨 통음인지 둥지를 틀고 있다
달팽이관에 들어앉아
누가 나를 점고하고 있다
소리 없는 소리의 이명
원근도 없이 일직선이다
난공불락의 불감청이다
무슨 예후인지 계시인지
전생을 탓하는 빗소리인지
죽음의 축축한 습기인지
마음보다 몸이 먼저 알아차렸나
달팽이집이 부려 놓은
내가 데리고 살던 소리없는 기억들
아무도 모르는 이런 배후의 삶을
기록으로 남길 때가 되었나
후생을 기약하는 점고의 시간
슬픔의 자식들 무럭무럭 자라는,
이제 내 귀의 안부를 묻지 않겠다.

어머니 치매는 아직 이르다

어제가 오늘이고
오늘이 내일인 어머니의 말년은 행복하다
한 달 전 일 년 전 필요할 때마다
정확하게 재현하는 어머니의 기억력
오늘은 부쩍 타임머신을 타고
소설을 쓰신다 어제가 옛날인 과거를
나는 열심히 받아 적는다 할머니의 덕담을
물려받으신 어머니 살아서 열반하셨나
독감예방주사를 맞고 치매 상담을 권하는
가운 입은 여자의 눈빛에 눈총을 주시는
어머니의 나이 아흔하고도 세 살이다
다시 세 살로 태어나신 어머니 총기가 무섭다
배추 절이고 속을 넣기까지 어머니의 손맛은
아직도 고소하다
김치 맛은 구식이어야 제맛이라는
옳거니 옳거니 어머니 치매는 아직 빠르다.

6자진언

중앙시장 좁은 골목 천막을 잇댄 좌판좌대
5일장을 독파했다. 6전 소설의 구수한
순대국밥 말아먹고 5일장 거리 장터에 밀려난
미장원 옆 낡은 슈퍼에 들렀다 담배를 사고
거스름돈을 받는데 로또가 보인다 그럼 여기가 명당!
숫자 6개를 골라 봐, 멈칫하는데 아, 돈오돈수
그 스님 법문 중에 잊혀지지 않는 진언이 생각났다

'인두껍 쓰고 이 세상 나온 게
로또당첨이여 6자진언이여
몸 받은 축복 잊지 말아야제 깨달음이 별거겠는가'

십리사탕 혀로 녹이며 미친 사내처럼
5일 장을 다시 누볐다 고등어 한 손 비닐 끈으로 매달고
하루 행장을 점고하는
이 풍진 세상 잘 놀다 왔다

가을이다

볼 타다 마른 단풍이
젖어서 떠내려간다
자수정 물방울의 하늘이
노을로 젖은 가을 계곡
화려한 적막 그 절정을
시간이 덧칠한 차원 속으로
나도 함께 떠내려간다
저녁 예불 범종 목탁 소리가
함께 젖고 있다

무위 제국에 들다

원근이면서 원근이 아닌 그림 속
그림은 그림자다 꿈속의 그림자다
도막도막 조각난 꿈, 꿈 깨도 꿈인데
켜켜이 쌓인 내 꿈의 그림자다
밤, 저 무명의 사다리를 쳐다보고 있다
채플린의 좁은 어깨 멜빵이 흘러내리고
긁힌 필름처럼 엔드마크가 순간 지나간다
꿈의 시간은 일직선이 아니라 휘어진다는데
일정시대 서대문 유치원 화장실에서 나와
봉황동 대학 도서관 서고를 나는 지나간다
기시감의 사내가 계속 리와인드 되고 있다
맹목으로 한 다발 무엇인가 소통을 시작한다
꿈이지만 실체가 없는 그림자는 있다고 생각한다
나는 나의 영원한 타자다
나는 나의 꿈 그림자 속으로 들어간다
그림자 속에 든 나는 넘어지지도 않고 에너지도
욕망도 꿈도 두고 왔다
그림자를 줍고 그림자는 결이 곱고 안성맞춤이다
한 채 그림자 집을 짓고 있다
높이도 높게 틀어 올리지 않고 평수도 내 그림자의

넓이로 족한 내 그림자 집
천정이고 창문이고 따로 드나들 문지방도 없는
경계가 없으니 해탈한 내 그림자는
행복이라든지 사랑이라는 글자를 모른다
소리 없는 밤의 모든 그림자에게 걸식한다
한 섬 별 부스러기는 공짜로 먹는다
내 그림자의 시간이 휘어지면서
특이점으로 사라지고 있다
좀약 내 나는 바깥세상
메주 갈라진 틈 속 푸른곰팡이처럼
나는 누구를 위한 발효인지 확연 나는 꿈의
그림자 속에서 안거 중이다 그림자 나라
무위제국을 만들고 있다.

예단

나는 지금 수행중이다
들락날락하는 찰나의 禪을 붙들고 있다
진액인양 기를 모아 붓 끝에 매달린다
익숙했던 달필의 '축 결혼'이라는 글씨가
딸애 예단 글씨에서 꽉 막힌다
자정을 미루고 새벽 별빛을 온 몸으로 받는다
붓끝이 제대로 서지 않고 자꾸 문드러진다
뜻을 얻지 못했으니 相을 못 버리고 있다
강유剛柔도 모르고 곡절曲折도 모르면서
절필의 죄가 무겁다
딸에게 무엇을 들켰을까
밤새 쌓인 겹겹의 예단 글씨 중에서
딸애가 첫 글씨를 꼽는다
내 글씨를 보니 샌님처럼 골솜빠진 삶이다
알콩달콩 지지고 볶고 그렇게 살아라
딸애를 보내면서 부친 덕담이 부질없다
딸애의 '할喝'에 나는 그만 '헐'하고 말았다
功이 숲이 되었다 승어부勝於父라니
철없는 딸애가 나를 다시 철들게 했다

환천희지 歡天喜地
— 취묵헌에게

여게 여보시게, 지금 어디쯤 가고 계신가
거기 어디쯤 홍탁에 취해 쉬엄쉬엄 쉬고 계신가
여기는 여게의 전생이 되어
여게의 문자향 서린 못다한 짧은 여생이라니
필생을 독학과 독보와 독창으로
강유와 완급의 필력이 묵향 천년인데
언젠가 겨울 주막에서 시.서.화 삼절인 양
어깨 걸고 홍탁술판에 코가 찡할 때
술잔에 띄운 여게의 묵향무리 누리 가득했지
큰아들 대학 합격을 자축하며 술에 취해 그렸다는
눈 속의 강아지 흰 눈의 여백을 맴돌고 뛰노는 환희
취묵헌 일가의 '환천희지' 마냥 시 속의 그림이 아니겠는가
지난 해 이맘 때였나 우리 죽을 때까지 살자던 덕담
여게와의 시화전이 꿈이 꿈이되었네
여게 친구 취묵헌, 이승의 질곡과 애환 고뇌 다 떨치고
저 세상 부디 상락아정하시게 못 다한 예술혼
숙업을 완성하시게 부디 상향

득음을 풀어 놓고